रात का दर्द

आंसुओं की चमक

सुमीत कुमार

Copyright © Sumeet Kumar
All Rights Reserved.

सुमीत कुमार

सुमीत कुमार, एक वयस्क जो जीवन के कई चरणों का अनुभव करता है, एक प्रसिद्ध लेखक और नए युग के लेखक हैं। वास्तव में वह एक लेखक होने के साथ-साथ गायक, कवि, शायर, उद्धरण लेखक, गीत लेखक और एक कलाकार भी हैं। एंकर या स्टैंडअप कॉमेडियन। उनके बारे में बहुत ही रोचक और दिलचस्प तथ्य यह है कि वे नए युग के लेखक हैं यानी उन्होंने अपने लेखन की यात्रा उस उम्र में शुरू की जब वह अध्ययन करने के लिए स्कूलों जा रहे थे। उनकी 100 पुस्तकों की स्ट्रीक महान होगी भविष्य में उनके लिए उपलब्धि, उनकी कुछ

प्रसिद्ध रचनाएँ यानी प्रेम की परिपक्वता (शैली _प्रेम) स्वप्न की गोपनीयता (शैली-मध्य वर्ग की जीवन शैली)।

आप नोटियन प्रेस, अबे बुक्स, इम्युजिक इन, फ्लिपकार्ट, एमेजॉन, किंडल, इंस्टेंट रीड लाइक ईबुक, किंडल, गूगल, इंटरनेशनल साइट्स और कई अन्य से भी उनकी किताब खरीद सकते हैं।

स्पॉटिफ़ पर पॉडकास्ट: @ ब्रोकन हार्ट

इंस्टा आईडी: बुकहब92

जीमेल: सुमितकुमार 88234

लिंक्डइन: सुमीत कुमार

क्रम-सूची

प्रस्तावना

कबर पर लिखी कहानियां हमशा सच्ची नहीं होती और अक्सर लोग जैसे दिखते हैं बाहर सेह उनकी हकीकत अंदर से वैशी ही हो ये जरूरी तो नहीं,खैर ये जिंदगी के नाते है जो कभी-कभी हमर जैसे बिलकुल नहीं होते ,क्योंकि इनकी हर एक सच्चा किशी ख़्वाब से होता है गुजरती है।

सुमीत कुमार

भूमिका

सुमीत कुमार

सुमीत कुमार, एक वयस्क जो जीवन के कई चरणों का अनुभव करता है, एक प्रसिद्ध लेखक और नए युग के लेखक हैं। वास्तव में वह एक लेखक होने के साथ-साथ गायक, कवि, शायर, उद्धरण लेखक, गीत लेखक और एक कलाकार भी हैं। एंकर या स्टैंडअप कॉमेडियन। उनके बारे में बहुत ही रोचक और दिलचस्प तथ्य यह है कि वे नए युग के लेखक हैं यानी उन्होंने अपने लेखन की यात्रा उस उम्र में शुरू की जब वह अध्ययन करने के लिए स्कूलों जा रहे थे। उनकी 100 पुस्तकों की स्ट्रीक महान होगी भविष्य में उनके लिए उपलब्धि, उनकी कुछ प्रसिद्ध रचनाएँ यानी प्रेम की परिपक्वता (शैली _प्रेम) स्वप्न की गोपनीयता

(शैली-मध्य वर्ग की जीवन शैली)।

आप नोटियन प्रेस, अबे बुक्स, इम्युजिक इन, फ्लिपकार्ट, एमेजॉन, किंडल, इंस्टेंट रीड लाइक ईबुक, किंडल, गूगल, इंटरनेशनल साइट्स और कई अन्य से भी उनकी किताब खरीद सकते हैं।

स्पॉटिफ़ पर पॉडकास्ट: @ ब्रोकन हार्ट

इंस्टा आईडी: बुकहब92

जीमेल: सुमितकुमार 88234

लिंक्डइन: सुमीत कुमार

पावती (स्वीकृति)

सुमीत कुमार

सुमीत कुमार, एक वयस्क जो जीवन के कई चरणों का अनुभव करता है, एक प्रसिद्ध लेखक और नए युग के लेखक हैं। वास्तव में वह एक लेखक होने के साथ-साथ गायक, कवि, शायर, उद्धरण लेखक, गीत लेखक और एक कलाकार भी हैं। एंकर या स्टैंडअप कॉमेडियन। उनके बारे में बहुत ही रोचक और दिलचस्प तथ्य यह है कि वे नए युग के लेखक हैं यानी उन्होंने अपने लेखन की यात्रा उस उम्र में शुरू की जब वह अध्ययन करने के लिए स्कूलों जा रहे थे। उनकी 100 पुस्तकों की स्ट्रीक महान होगी भविष्य में उनके लिए उपलब्धि, उनकी कुछ प्रसिद्ध रचनाएँ यानी प्रेम की परिपक्वता (शैली _प्रेम) स्वप्न की गोपनीयता

(शैली-मध्य वर्ग की जीवन शैली)।

आप नोटियन प्रेस, अबे बुक्स, इम्युजिक इन, फ्लिपकार्ट, एमेजॉन, किंडल, इंस्टेंट रीड लाइक ईबुक, किंडल, गूगल, इंटरनेशनल साइट्स और कई अन्य से भी उनकी किताब खरीद सकते हैं।

स्पॉटिफ़ पर पॉडकास्ट: @ ब्रोकन हार्ट

इंस्टा आईडी: बुकहब92

जीमेल: सुमितकुमार 88234

लिंक्डइन: सुमीत कुमार

1

मृत स्मृति

आज जिंदगी के उस सफर से मुलकत क्रावणे वाला हूं जिसी फिदरत से आप सब वक्फ नहीं हो, जिंदगी में लोग एक दसरे को भले ही भूल सकते हैं प्रति अपनी नफरत को कभी नहीं मकूंकी नफरत वोदत में कभी नहीं मीता नहीं सकता, क्योंकि उसके हक में है नहीं तो वो मिटाएगा गा कैसे, जिंदगी में हम के लोगे से मिले कुछ हम अच्छे लगते हैं तो कुछ बुरे लगते हैं, और कुछ तो इतना अच्छा है हर रोज एक नई लड़की पार्टी है अपनी किस्मत सेह, हर रोज जीतने और हरने की रिवायत करना पार्टी है, और खुद से और खुद सेह, सच और गलत का कुछ और कुछ नहीं होता एक और हमारा ना होता, अगर किशी साक्षी ने आप से कुछ बात कहीं है तो उसे कभी भी कभी भी मत मूरो क्यूंकी जो उसे अपनी जिंदगी में किसी के साथ पल बिटे उन है, बाहों जहीर कर रहा, आजकल तो ये चीज भी हो एक लगी है हमारी जिंदगी में की हम किशी और के दर्द को मन कर भी अपनी खामोशी की वजह दे देते हैं, प्रति हकीकत में आयशा कुछ नहीं होता, न हमारे साथ और न हमारी जिंदगी के बदलते साथ, उनके साथ होते हैं, वो कैसा भी क्यूं ना हो, न्हाफरत की वजह अगर धुंडने की रिवायत की तो ये होगी लोग मिलेंगे, प्रति अगर आप किशी सेह मोहब्बत करना कहो तो ये है, क्या हुआ नहीं है जो आपके साथ रहते हैं, आपके पास रहते हैं आप जब भी किशी मंजिल पर कमजूर पर जाओ तो वो आपका साथ नहीं रहेगा कोई होता है, पर उनसे कोई सिकबा नहीं, न ही खैरत

है नफरत की प्रति सुरूरत जरूर हुई है वो भी नफरत की, बिना कुछ हुए आपके साथ जिस तरह से आपके अल्फाज किशिंकलते सामने नहीं हैं होते हैं हम कभी किशी को बोलकर नहीं समझा सकता है, हम आज कल किशी भी चीज को थीसिस के जरिया नहीं जनना कहते हैं, हर किशी को ईश जिंदगी में व्यवहारिक होना है, हर किशी को आज कल यही चीज की तो जरूरी नहीं है, कोई हट ये उसके लिए हम खुद को बदले, प्रति बदला हिस्सा है क्योंकि अगर रहा में किशी से मोहब्बत हो गई, ये अपना किशी से स्नेह कर बैठे टैब बदला की सुरूरत पर होती है, दर्द की तब भी मुश्किल है तालाब कितनी करते हो,

,इंसान आज कल जो सोचा है वो हमसे उसका उल्टा करता है, क्योंकि उनकी जिंदगी में कुछ सीधा है, यह तक की मिट्टी की आयाम भी नहीं, अगर कोई आपके साथ नहीं है तो कुछ चीज को लेकर में है में अपने आस्युं को भीगोना क्यों, अगर जाते हैं तो जाए पर उनसे एक गुजरिश तब भी रही की कभी लौट कर आए ना, हर वक्त हर लम्हा किशी का इंतजार करना एक बरबादी की ही पर विचार है तो मोह है जो की कभी है नहीं, न उसे थी न आपको न ही समाज को आप दोनो सेह की वो आपके रिश्ते को कबूल कर खातिर, अगर वक्त के इंसान बदल चुके हैं जो आपके बहुत है तो आप भी बदलो खुद में इसे बदलो है मशहूर हो जाओ की कोई दसरे आपको कभी उस दर्द में फिर ना लेकर जाए जिशे आप बाहरी महफिल में भूल चुके हो ये भी की में भूल छुकी हो उसे आब में उसे याद नहीं करना चाहिए मैं, न ही उसे कुछ याद रखना चाहता हूं न ही कोई बातें, जिंदगी भर के लिए कोई साथ नहीं देता ये बात हर किशी को मलूम है फिर भी लोग एक दसरे से इतनी उम्मीद क्यों लगा है?

अगर कुछ हादसे आपको जीने नहीं देते, तो ठीक है जीने की कोशिश मत करो प्रति इसका मतलब ये तो नहीं की आप खुद से हर जाएंगे वो भी उस साक्षी के लिए, क्या होगा आपका एक मुलकत सिर है, क्या होगा जिंदगी में क्या परेशानी खुद से और क्या उम्मीद करोगे आप दसरे सेह, कुछ बचेगा ही नहीं आप और जिश पर गर्व कर खातिर वो भी उसे याद कर के जब आप तन्हा हो, वो कहते हैं ना जिंदगी का है साथ कोई नहीं देता, ये किशी के एक सेहरे नहीं ये हर कोई जनता है तो खुद को

और दसरे धोका देकर किशी को जिंदगी में क्या मिलता है, ये सिर्फ बातें मोहब्बत पर ही आपके लागू नहीं हैं , प्रति आपकी दोस्ती प्रति और सबसे अच्छी जिश चीज की आपकी जिंदगी में कफी महत्व है वो खुद से है।

"महरूम
हो चुका
था
उसकि
यादें
मे
मौत दिख
रही
थी मुझे
उसकी बहोनी
मे
फिर भी
में इंतजार
कर रहाः
था
उस्का सुनसान
शि
भीगी
राहो में।
"

"आजकल
मुहब्बत
इंसान सेह
नही
सौहरत और दौलत

सेह
है
और दर्द
किशी इंसान
की वजाह
सेह
नहीं बाल्की
उसकि
यादें
सेह मिल्टी है।"

लोग कहते हैं अपने दर्द को छुपा लो क्योंकि तुम लड़कों हो, और लड़के कभी रोते नहीं है, क्योंकि उनके पास वो दर्द नहीं होता, उनके पास वो भावनाएं नहीं होती, उनके पास वो भावनाएं नहीं होते क्या, मुझे पता लोग को लगता है समझौता ही क्या है, कोई कहता है ये मजबूर बहुत है, तो कोई कहता है की एक लड़का कभी रोटा नहीं, ये कभी नहीं कमजूर नहीं होते, दर्द की रिवायत भी दो तरह की होती है जब किशी साक्षी को मिली है ना तो वो बरबाद हो जाता है, समाज नहीं पता की आखिर करे क्या, और किश चीज का सहारा ले, केश संभले खुद को, किशी तलाश में अपनी रातें बहुत ज्यादा, करे, वो कहते हैं ना।

वो कहते हैं ना अगर मोहब्बत है तो किशी एक सेह ही होनी चाहिए, प्रति अगर वो मोहब्बत आप किशी और से भी करते हैं, और उस मोहब्बत वो साक्षी कि से और करता है सौदा बन गया एक है कभी खबर भी नहीं होती की है क्या मोहब्बत है ये मोमोस की दुकान, दुनिया में मोहब्बत सेहरे से सुरु और पैशो पर खतम होती है में ये सोचा था, प्रति आब इसकी सुरूरत एक इंसान पोषण को सेह दूर रखने सेह, जिंदगी के कभी कभी तो मुझे समाज ही नहीं आते की लोग हमसे एक मोहब्बत में कहते हैं क्या है? वक्त, दौलत, ये सच में प्यार, एक सफर में अगर एक तरह के दो लोग है तो वो रास्ते अशानी से पार कर सकते हैं, प्रति अगर उस रास्ते पर दो के जग के तीन लोग आप में मिल भी गए तो

मैं मिल गए तो हो पायेगी ना ही वो रास्ते कभी तय कर पायेंगे, अगर मोहब्बत किशी और से है तो किशी दुसरे से उसके बारे में क्या करना है? अगर किशी को छोडना चाहते हो तो छोड ना अपनी मोहब्बत को और खुद को तकलीफ देने क्या फायदा? है जब हम किशी अपने लिए हैं तो इसका मतलब यह नहीं है कि हम उश साक्ष को ही सिरफ चुन रहे हैं, इसका मतलब ये है कि हम अपनी तरह ही एक आइश साख की खैरात कर चुके हैं, हम कभी नहीं गए हैं हम उसके साथ पूरी जिंदगी भर, हर एक लम्हा देखेंगे वो भी चांद सितारो के बीच में बिलकुल फिल्मो की तरह, पर वही लम्हे अगर फरेब निकले तो? अगर वही यादियां सिर्फ एक दिखवा निकली तो? ईश दुनिया में इंसान और इंसानियत एक सोच बन कर रह गई है पर असलियत में ना तो ये इंसानियत और ना ही कोई इंसान?

"दर्द कि महफिल

भी

तबी आती है

जब खुशियों की

अपनी

मंजिल

भूली जाति है।
"

वक्त के साथ अल्फाजो की सीमा कुछ ज्यादा हो गई है जनता हूं उसके लिए माफी गुजारिशा है पर कहानी अभी बक्की है पूरी तरह से?ये जिश सेहर की कहानी है, उस सेहर से आप सब वक्फ होंगे पर उसकी असलियत से नहीं, न ही उन गलियों की मोहब्बत से जहां आज भी उस की बातें होती हैं, जैसा भी होता है है प्रेम के धागे बड़े मजबूर होते हैं जो आसन से कभी नहीं टूटे थे, प्रति अगर वो प्रेम ही किशी को तोड दे तो, अगर सुके धागे कमजूर पर गए तो, अगर उसमें उमद ही, वो के सामने थे जब तक उज्ज्वल की रोशनी उससे दूर नहीं होती तब तक और यहां की तालाब कोई नहीं करता, आम बात होती है, आम सेहरे होते हैं पर

आम मोहब्बत नहीं होती, अगर किशी को ईश दुनिया में सच्चा मोहब्बत अलग कर दूंगा, और अगर नहीं है तो वो खुद एक दसरे से अलग हो जाएंगे, प्रति अगर उनके बाद भी वो एक दसरे के साथ है तो मोहब्बत काम पर किस्मत ज्यादा होगी उनकी, मैंने सुना था कि है भी झूठ होते हैं ये कभी पता नहीं था, ना ही कभी महो ओश किया और ना ही कभी इसके बारे में सोचा था मैंने, जिंदगी में अगर हम किशी के साथ रहना चाहते हैं तो वो मोहब्बत नहीं बाल्की एक घुतन है जिसिहे काई वक्त हमने अपनी माशूका हम से हम भी हमसे काफी है। वक्त पर लकर दे भी देते हैं और उसकी हर एक ख्वाश को पूरी भी करते हैं, पर वो तब भी कहीं न कहीं हम से अधूरी ही रह जाती है एक उससे में, एक कहानी में, एक सोच में नहीं तो एक कभी कभी पूरी है है ही नहीं, हर वक्त कहीं न कहीं वो अधूरी ही रहती है वो भी आजकल के रिश्तों की तरह, ऐशी बात नहीं है की हम उन्हे पुराना नहीं करना चाहिए यहां खुद की नजरो में, खुद की खामोशी में और खुद की सोच में भी, हर जगह उस तकलीफ के महरूम मिलते हैं जिनसे वो न लड़ड पाट अच्छी तरह से और न ही कभी जीता है, जहां कहीं है। उसके दिल की फ़िदरत अब भी वही है मोहब्बत में असूल है की अगर आ पी जसीह हो तो आप एक दसरे से कभी नहीं मिल पाएंगे, प्रति अगर आप एक दसरे से अलग हो तो सैयद मोहब्बत हो सकती है और ज्यादा हो सकती है इतनी होगी जितनी भी सोचेगी

"वक्त के

साथ

तुम्ने हमारी

मुहब्बत

भूलाई

है

हम वो

लम्हा ही

मीता डेंगे

जिशे याद

कर के
आज भी
तुम्हें खुशी
मिल्टी है।
"

, मोहब्बत की भी उमर होती है इसकी भी खुशी होती है ये भी जिंदा रहता पर तबी तक जब तक वो दो साक्षी एक दसरे से जुड़े रहते हैं जिसे इसकी सुरुरात की थी।अब सफर की सुरूर करनी ही है तो इसके लिए इतनी बारबाडिये, चलिये आप सब को भु उस बरबादी की थोड़ी झलक दिखाता हूं जहां में क्या सयाद कोई और भी सख होता तो टूट जाता है, बिखर कहते हैं में अपनी एक सोच से में पूरी तरह से वक्फ भी हूं और मुझे भरोसा भी है अगर आपकी मोहब्बत सच्ची है ना तो आपको कभी उस साक्षी के लिए न तो झुकना परेगा, न ही भीख मांगनी परेगी |

"हाडसे
भले
ही
अलग थे
ईश बार
प्रति तज़ुरबा
आज भी वही है| "

2

भावनाओं का जाल

भावनाएँ एक दुनिया में सिरफ साक्षी ही अंजान नहीं होते, रिश्ते भी अंजान होते हैं, किशी साक्षी की अधूरी यादे भी अंजान होती है, ख्वाब अंजान होते हैं, एक मुलाकत अंजान होता है, एक दूसरे से भी पता चलता है प्रति सब कुछ छोड अपने हालो को, अपनी खुशियों को और एक सहारा को भी पता और रहकर हम खुदको महफूज सवित करता है उन सब को, प्रति क्या फिदा हुआ? क्या वो रिश्ते लौट आए क्या वो सच लौट आया ये वो मंजिल लौट आई जिशपर हम दोनो ने एक वक्त पर चलने की कसम खाई थी। है, मैं अपने लिए में ये अपने बारे में जो भी बताने वाला हूं ये मेरी सचाई नहीं बाल्की एक आया है उस खुदा की सचाई की जो वो हर किशी को दिखाना चाहता है, हर किसी को सच में है ना जब जिंदगी सब कुछ सही चल रहा हो तब भी कुछ एक तो कभी नहीं होता है, मोहब्बत भी एक हद तक होती है कि कुछ सेह अगर वो थोड़ी शि ज्यादा हो गई तो एक जहर बन जाती है, एक कभी कभी नहीं रहती है। खुश रह सकते हैं और न अपने हमदम को कभी खुश कर सकते हैं, मैं तो आज खुद मजबूर हूं, मुझे क्या कहना है, अपने बारे में बताऊं ये अपने उस दर्द के बारे में आज भी हूं। में आज भी सब कुछ बश उस एक सख के लिए छो होना चाहता हूं जो मेरी कभी थी ही नहीं, जिसे मेरे उससे में खुदा ने सिरफ कुछ वक्त के लिए मिल्वया था ने अभी हालत इतने बुरे हैं, आंखों से सचाई नजर आएगी वो भी उस खामोशी की जिशे में अब जहीर नहीं करना चाहिए

न ही किशी को अहसास कराना चाहता हूं जो मैंने महसूस किया है। हुं जो मैंने के दिनो से अपने अंदर दबा कर रखा है। वैसा में अपनी पहचान छुपाना तो कहता पर अब ईश चीज का कोई फयदा नहीं है क्योंकि दर्द की महफिल में आज में पूरी तरह से एक मुशफिर बन चुका हूं और उनकी शान भी| है मेरा नाम अभिमन्यु वर्मा है, छोटी शि सोच है, छोटा सा दिल है जो पहले से किशी और की सोच में कैद है वो भी कोलकाता में, मतलब में कोलकाता से ही हूं, कोलकाता में इसे जाना है। दुनिया की ख़ूबसूरती और माँ काली की पूजा होती है, मैंने भी बचपन से ये सुना है कोलकाता के बारे में, बचपन में ये बताया भी है सबने इस्के बार में, और कोलकाता में सब सेह पूरी भी तार और मां काली की प्रतिमा से भी, सोचा नहीं, इतना कुछ कुछ हो जाएगा जब में उससे मिलूंगा, क्योंकि इसके पहले तो मेरी जिंदगी काफी अच्छी थी, कहते हैं न कुछ हलत बता कर नहीं आते पर तब जाता है इतने तो हैं, बचपन में नहीं सोचा था कभी ईश कदर भी टूटना परेगा, बचपन की बातें इश्ली कर रहा हूं, क्यों भी महसूस की याद करूंगा को याद करता हूं, उन बच्चों में देना, और दोस्ती में वो छोटी शि नो और झोक भी, सब याद है, असलियत में कहु तो जिंदगी का एहसास तबी हुआ था, खुद को जिंदा महसूश करता था, पहले लगता था की एक साड़ी है वो भी अपने जिस्म के साथ में महाना दसरे से अलग हो चुके हैं। बचपन में सोचा था की में बड़ा होकर इंजीनियर नहीं तो डॉक्टर तो ज़रोर बनुगा, प्रति क्या पता था की आगे जकार एक दिल टूटे हुए आशिक की पहचान मिलेगी वो भी खुद के लिए नहीं किशी और के लिए|

अगर आप किशी दर्द से सफर करते हो तो उस वक्त आप अकेले नहीं होते क्योंकि उसके साथ जुड़े भी रिश्ते होते हैं वो भी कहीं न कहीं उस दर्द की महफिल में मशूर हो जाते हो, खैर को कहते हैं कहानी पर आता है जो की मेरे लिए अधूरी है पर सबके लिए और उस एक साक्षी के लिए पूरी है। काफ़ी सामान्य शि परिवार से संबंधित हैं कर्ता हूं, काफ़ी सामान्य शि ज़िंदगी है मेरी, प्रति सामान्य हलत बिलकुल नहीं है, बचपन से बहुत कुछ स्ने आया हूं अपने बारे में, ये लड़की कभी नहीं रुकने वाला बहुत ज्यादा होगा के दिन भर ईश जब भी देखता ही रहता है, जब मेरे माँ और दर्द एन बातो को सुनते थे तो उन जो सुखों की रातें मिली थी उसे मैं

ना तो जहीर कर सकता हूं और ना ही बताता हूं। बाप यही कहते हैं की उनका बेटा अपनी जिंदगी में आगे बढ़ने, वैसा में अपने पिता के बारे में बताता हूं क्योंकि अगर में अपनी कहानी में उनके बारे में अगर जाहिर न कर सका तो मेरी जिंदगी ही पूरी, कक्षा 10वीं था मेरी पढाई, मेरा पैशन मेरे स्पोर्ट्स सब कुछ, मेरे डैड वसीह एक कॉन्ट्रैक्टर है मैटलैब बिल्डिंग्स के, घर बनाते हैं और सब को खुशियां देते हैं, बहुत कुछ सोच रखा था उन्होन मेरे बारे में कि में अपने बेटे बहू कुछ ठीक भी छो अल्ता अगर वो दुर्घटना न होता उनके साथ तो उस दिन, पापा एक दिन अपने काम करके घर ही आ रहे थे, तबी सयाद 24 जुलाई की रात की बात होगी जब उनके मोटरसाइकिल की तकड एक बस से वह हो गई है। फ्रैक्चर हो गया था और चलने की हलत भी कुछ ठीक नहीं थी माँ घर में ही उनके इंतजार कर रही थी की वो कब आएगा? और हम सब भी उनका इंतजार ही करे रहे थे के डैड कब आएंगे? उस दिन बेचानी कफी थी हमारे घर में, क्योंकि डैड सिर्फ हमारी जान ही हमारी पूरी दुनिया, एक ऐसी दुनिया जिसे हमने कभी कभी नहीं देखा उन्हे बार बार कॉल लगा रही थी प्रति उनके मोबाइल स्विच ऑफ आ रहा था, मॉम ने इस्के बाद उनके नंबर काई बार ट्राई किया फिर भी उनके कॉल स्विच ऑफ आ रहा था, इसके बाद हम भी उनके दोस्तो को और कहां वो काम था भी कॉल लगा प्रति उन्होन एक ही बात कही की सर तो बहुत पहले निकल चुके हैं ये से।

उस वक्त हम दोनो कफी परशान थे, मा कुछ खाने को तयार नहीं थी और मुझे कुछ समाज नहीं आ रहा था, इश्ली अखिर में अमीन मा को बोला की मां आप बकियो को देखो में एक बार कार्यालय सयाद वो अभी भी होगा, मैं उन सिरफ उस वक्त उन एक दिलसा दे रहा था क्योंकि सचाई तो हम दोनो जनता थे की अगर डैड कॉल नहीं उठा रहे तो उनके साथ कुछ न कुछ तो जर्रोर हुआ होगा उश दिलसा ही दे रहा था पर सैयद उस वक्त सच में हम दोनो की ईश चीज की कफी जरूर थी, इश्लिये में कह कर घर से उस वक्त निकल चुका था, जब उनके ऑफिस की तरफ जा मैं हूं पर कहीं था तो भी लगा रखा है और आप में बात कर रहे थे कि उस इंसान के साथ बहुत बुरा, पता नहीं जिंदा बचेगा ये नहीं, दिल उस वक्त पूरी तरह से कुछ चूका था, कुछ समाज नहीं था आ गया मेरे डैड हो

जिसके बारे में ये लोग कर रहे हैं, इतना डर गया था उस वक्त की में उन ए नजदीक भी नहीं जा रहा वो सब बातें कर रहे थे, और हाईवे जब मैंने खून देखा तो में तो उसी वक्त खुद होशो खो बैठा था, प्रति मैंने खुद को संभला उन सब की यह बताया पर क्या बताया था एक मोटरसाइकिल की मार कर भाग है एक बस वाला, जो सिरफ उस वक्त एक अहसास था सैयद आब वो हकीकत में बदलने वाला था, जब मैंने उनसे ये पूछा था कि कौन शि बाइक थी क्या आपको पता है? में ये सब इश्लिये पुच रहा था क्योंकि डैड हमेशा हीरो होंडा ही चलते थे, और जब मैंने पुचा तो उन्होन भी ये बोला था, उस वक्त में पूरी तरह से ये बातेओं की दुर्घटना मेरे था खुद को संभल नहीं पा रहा था और जब माँ के बारे में सोचा क्योंकी माँ के काई मिस्ड कॉल्स पहले से ही आ चुके थे, मेरी हिम्मत हो ही नहीं रही थी में उन क्या बोलूं? में खुद को संभल नहीं पा रहा था तो उन कैसा संभलता ये सोच रहा था, में भी उस वक्त कुछ डर लिए थे पर बेहोश हो चुका था, उसके बाद जब होश आया तो मैंने उन सब में आप जनता हो उन कौन से अस्पताल में लेकर गए हैं? तब उन जवाब दिया की थोड़ी ही डर में एक विद्यासागर नाम का अस्पताल सयाद वही लिए गए हैं, मैंने ये बातें जैसी हैं सुनी में बहुत तेज से विद्यासागर अस्पताल की तरफ गया और पिता को पुलिस वह लगा पर वह गया और सीधे अजब आईसीयू की तरफ जा रहा था तब मुझे रौका और पक्का की तुम्हें दिख नहीं रहा था कि आईसीयू है,

सच कहु तो मेरी तो आवाज ही नहीं निकला रही थी, में बश उस वक्त ये देखना चाहता की मेरे पिता ठीक है ये नहीं, जब उन ने मुझे रौका तो मैंने उनसे कहा की मेरे डैड है वो जिन्का दुर्घटना जो हुआ है . अगर आपको लगता है के बारे में सकारात्मकता आईटी जस्ट ए मेहरबान का भविष्यवाणी लेकिन जब आपको लगता है के बारे में नकारात्मकता तो यह है एक तरह का वास्तविकता है। आंखें उस वक्त पूरी भीग छुकी थी आस्युन ईश कदर आ रहे थे की उन की पहचान भी बताना उस वक्त मेरे लिए संभव नहीं था, घर में बड़ा होना भी एक आकार ही है की इसलिए आपको ना तो जैसा है पाने परिवार को, इसके बाद पुलिस ने कफी सावल किया मुझसे क्या तुम्हारे पिता का कोई दुश्मन है जिस पर तुम सख है?

प्रति इतनी तो कोई बात ही नहीं थी सयाद, क्यों डैड कभी भी किशी से लड़े नहीं थे, और हम एक मिडिल क्लास फैमिली सेह होते हैं, और एक मिडिल क्लास फैमिली का कोई दुश्मन नहीं होता है, तो और मुश्किल, तो और मैं उन्हे उस वक्त क्या बोलता हूं? और उस वक्त माँ को ये बात काश बतायूं में ये सोच रहा था, क्योंकि मुझे पता ही नहीं था कि ईश मोर पर अपने परिवार को संभालु काशे, क्यों पिता एकलौते थे जिन्के वजाह घर से है रोटी ये सब डैड की वजह से मिली थी हम, और उस वक्त हम जिश पर मोर प्रति खड़े वो लम्हे सिरफ कुछ ही लोग समाज सकते हैं, फिर भी मैंने बहुत हिम्मत कर के बिल्कुल कर माँ को बोला की अभी आईसीयू में है। एन सब के बाद जब मैंने माँ को पिता के बारे में बताया तो माँ कफी रोने लगी, और घर में मेरे भाई बहन भी थे जो की छोटे तो थे पर इतने भी नहीं की उस दर्द दर्द को समाज ना खातिर ही बोला था की अभी जल्दी आ बेटा और ले चल मुझे पाने पापा के पास।

ये वक्त दिल और दिमग दो काम करना बंद हो गया था एक तरफ मा के आस्युं थे जहां में रौक नहीं पा रहा था और दुसरी तारफ पापा के वो दर्द जिस में देखना नहीं चाहता था। किशी एक को मिले पर उसे महसूश हर कोई करता है। अगर किस्मत में कोई चीज बदलनी होती तो में उस हादसे को बदल देता है, क्योंकि यही एक ऐशी सुरूरत थी मेरी बरबादी की जिस में कभी नहीं कहता, इस्के बाद जब मैंने मा को कॉल किया, तब मैंने किया था। , प्रति सब ने सिरफ हाल चल पुचा किशी ने मदद नहीं की, पापा की चोट उस वक्त बहुत बड़ी थी इशलिये उसे ठीक करने के लिए बहुत पैसे भी लगाने वाले थे, और पापा की जितनी भी बचत के वो भी मैं निकला पापा उस वक्त और वो सब पैसे पापा को ठीक करने में लग गए, इसके बाद पापा तो थोड़े ठीक हो गए पर हमारे हलत और भी ज्यादा बड़ा चुके थे, क्यों पापा को चलने के लिए कभी नहीं गए कर सकते हैं, मेरी उस वक्त वही रुक गई, क्योंकि घर का में बड़ा बेटा था तो मुझे ही सब कुछ देखना था, इशलिये मैंने इन सब के बाद एक कॉल सेंटर में काम करना सुरु कर दिया वो ने भी को छोड़ कर, अपनी उस उम्मेद को छोड़ कर जो मुझे प आप ने दीखाई थी। घर के हलत देखने में खुद की पहचान भूलने लगा था, में इतना जनता था की मेरे परिवार मेरी जरूरी

है, क्योंकि जिस तरह से पापा ने हम सम्भला है, अब हमारी बारी के हम भी हैं जाए शेर अखिर शेर ही होता है, मेरे डैड के हलत बुरे थे पर इस्का मतलब ये नहीं की वो फिर से अपने एड्मो पर खड़ा नहीं हो सकता था, काई बार उनकी आंखें में, क्या मुझे देखा था नहीं कहते थे की मेरे बेटा अपनी पढाई छोडकर कोई छोटी शि जॉब करे, वो हम कहते हैं कोई भी छोटी नहीं होती, प्रति अगर तुम किशी चीज के लायक हो और वो तुम कर नहीं पा रहा है तब भी। जिस तरह से उस वक्त हमारे हलत बदले थे में नहीं कहता था कि जिस तरह से मैंने अपने सपनों को बीच में छोड़ दिया है, मेरे भाई बहन भी करे, इश्ली मैंने वो काम करना सुरु कर दिया परिवार, और तब तक ही जब तक डैड अपने कदमो पर फिर से खड़े ना हो जाए। एन सब के बाद मैं लगभाग एक साल तक अपनी पढाई छोड़ थी, मैंने कहता तो फिर से अपनी पढाई पूरी कर सकता था, क्योंकि उस वक्त तक मेरे पिता भी काफी ठीक हो चुके थे,

और उन्होन फिर से काम करना सुरु कर दिया था, और उस वक्त डैड ने मुझे बोला भी था की अब बहुत सम्भल लिया तूने हम और अपने हर को अब रुक जा और अपनी पढाई। अच्छे से, उनकी आंखें में जो आस्युं थे उस वक्त वो मुझे एहसास दिला रहे थे, और अपने परिवार खुद के बुरे हलत में भी संभलना है, बुरा ही मुश्किल है न ही कोई कुर्बानी, बश मैंने ख्याल रखा था वो भी अपने परिवार का जिशने मुझे बचपन से कफी खुशी दी थी और मेरे पिता की तो में बात ही नहीं शक्ति की वो मेरे लिए क्या है?

मैंने सोचा था की अब सब ठीक हो जाएगा में फिर से सब कुछ सूरू कर स्काटा हूं, अपनी पढाई को अपने सपनों को और अपनी हर उस उम्मेद को जो मैंने एक साल में खो दिया था, जैसा कि एक साल में खो दिया था। हो चुका था की ईश दुनिया में अगर कोई सबसे महान और शक्ति साली है तो वो वक्त है।

मैंने तो सब कुछ संभल लिया था पर जब उस साक्षी सेह मुलकत हुई और आखिरी में जब में मोहब्बत फिर कुछ सुखों के लम्हे और फिर बरबादी तब जकर पता चला की लोग खुद के लिए जीते हैं कुछ होते हुए

भी सुह वक्त तन्हा महसूश कर रहा था, उसकी यादों को ईश दिल से भूलाना तो कहता था, प्रति सयाद मुमकिन नहीं थाई, क्यूंकी मेरे दर्द एक आखिरी सुखून बन गया था उस में हमारे लिए बहुत ही शानदार था सहज तो वही हाडसे और भी ज्यादा तकलीफ देने लगे थे, मैं संभल नहीं पा रहा था कि खुद को कहां पर चलाऊंगा, कौन दूंगा साथ मेरा, सम, आज नहीं आ गया उम्मेद थी अखिर कर उन्होन ने ही उस वक्त मेरा साथ छोड़ दिया?

"मैंने
सपनों
को
जलते
देखा है
बचपन की
आहत में
खुद के
तज़ुर्ब
को
मार्ते देखा
हाई
तनहाई भी उशु
वक्त
मौजूद थी
मेरे लिए
प्रति मैंने
खुद की
राहे
चुन्न
कर
उश पर

अपनी
रूह:
को चलते
देखा है।"

अब क्या हुआ मेरी जिंदगी में ये आप सब खुद ही देख ले, और तजुरबा लगा ले की क्या सच में आइशी भी मोहब्बत होती है, क्योंकि मैंने तो उसे पाने के लिए सब कुछ छोड़ दिया है अपना जिंदगी , भी बहुत कुछ जिसे में कह भी नहीं सकता, पर इसकी सूरत एक मुशफिर की तरह है |

3

रहस्य का क्षितिज

12 वीं दिसंबर, मेरी जिंदगी का सबसे खुश दिन, और मेरी बरबादी का भी, क्योंकि ईश दिन मैंने उसे देखा, मेरी मोहब्बत, मेरी खुशी, और मेरी सब कुछ, मुझे ये बात पता नहीं था कि कुछ की वहां जाएगी की आप खुद को भी उस वक्त पूरी तरह भूल जाएंगे, जब उस दिन कॉल सेंटर मैंने उसे पहली बार देखा तो मैं उस सच में सब कुछ भूल गया था की मैं हूं तो क्या हूं, क्या खोया है वो, बड़ी आँखें, और एक क्यूट शि स्माइल, और बहुत सारी बातें, उस दिन मेरा ध्यान लग ही नहीं रहा था अपने काम पर, ये यू कह लो की में भी उस पर ध्यान दे रहा था, मन नहीं कुछ कर रहा था ये कुछ भी सुनू क्योंकी दिन से लेकर रात तक वही तो करता था, प्रति जो आवाज उसकी थी मैंने वो आवाज कहीं नहीं सुनी थी, इतने डर से नोटिस कर रहा था कि मुझसे सब देखने लगे तब हमने देखा था भी सुह वक्त की अभी काम पर ध्यान दे अगर बॉस ने देखा तो क्लास लगा दूंगा, अब आप ही ए सब बतायो ये कोई स्कूल है जो बॉस देखेंगे तो क्लास लगा दूंगा? अच्छे उनके ये सब कहने के बाद भी मेरी नजर उस से हाट ही नहीं रही थी, मतलाब कोई इतना भी खूबसुरत काश हो सकता है, मैं ये सवल बार बार अपने मन से पुच रहा था में क्या हूं में समाज नहीं आ रहा मुझे, उसकी बातें, उसकी आदत उसे खुशी सब कुछ देख रहा था में, प्रति खेड़ के लिए हमारे बॉस वह आ गए और हम प्रति बादल की तरह गराजने लगे। फिर क्या था ध्यान भी हटा और दुर्घटना भी हो गई, जहां

मुझे चुप हो गया उनकी बात सुन्नी चाये वह में पारा, उसके बाद जो उन मुझे सुनाया, उस चीज के बारे में जाहिर नहीं कर सकता में। उन सब के बाद उसे भी मेरी तरह पलट कर देखा, पर कुछ बोला नहीं, मैंने भी सोचा की अगर वो मुझसे बात नहीं करना चाहिए तो में क्यों करू, इस्के बाद में भी अपना काम करना लगा, कहना में बात करे क्योंकि उसके बिना रहा नहीं जा रहा था, मेरे जितने भी दोस्त उन सब ने उससे जकर बात की पर में वह चुप चाप बैठा था, पता नहीं क्यों पर डर लग रहा था क्योंकि मैं जो बात में हूं उसके सामने जाते ही में उससे ये बातें कहीं कह न दूं और वो कहीं गलत न समाज ले मुझे, ऐसी बात नहीं की में एक दोस्त की तरह उससे बात नहीं कर सकता,ये उसके दोस्त बन कर रह नहीं स्काटा, पर मेरे दिल ने ये बात कहीं ही नहीं मुझसे, ये बार बार बश एक ही बात कह रहा था की ये लड़की कुछ वक्त के लिए बाल्की पूरे साथ जन्मो इसके साथ राहु, पत्नी केला कहता था उसे अपनी, हर देख हर सुका का हिसदार बनाना चाहता था, पर यू उस वक्त सयाद नामुमकिन था, क्यूंकी मैंने अभी तक उससे थिक से किशी तराह की नहीं मुलकात भी क्यूं? में रोज जाता उसे एक तरफ़ा नज़रों से देखता और फ़ी काम कर के घर चला जाता और उसके बाद उसकी फेसबुक आईडी, और इंस्टा आईडी को सर्च करता, और उसकी तस्वीरें देखता, फिर देखते देखते सो जाता और मेरी दिन थी, सपने में आब बश उसी के ख्वाब आते थे, बहुत समझौता था अपने मन को कि ये गलत है, प्रति किशी से मोहब्बत किश तरह से गलत हो सकता है, ये मेरा दिल मुझे समझता है मुझे नहीं पता, प्रति में इंतजार कर रहा था एक अच्छे लम्हे की एक अच्छे वक्त की, में ये कहता था की जब में उसे अपने दिल की बात बताउं तो वो उसे समझे, और उस में भी तुम भी लगे होंगे की पीठ भाग रहा हूं। ऐसी बातें ही सोच कर के दिन निकल लाघभाग एक महान हो चुके थे, अब मुझसे भी रहा नहीं जा था, क्योंकि उसे नजरों मुझे हर वक्त बिना देखे ही उसमें नाम गीच से दूर रही थी , में जनता था की आब में ये बातें उसके सामने जकार कह सकते हैं क्योंकि दिल ने तो बहुत पहले ही इसकी मंजूरी दे थी तो फिर इंतजार क्यों करू ? इशिलये मैंने सोच लिया था एन सब के बाद की अगर आज नहीं बोला, तो सयाद कल भी नहीं बोल पाऊंगा, और अगर कल भी नहीं

बोल पाया तो सयाद कभी नहीं बोल पाऊंगा। अखिर कर एक दिन मैंने उसे अपने दिल की बातें बोल ही दिन पर सीधे तारेक से नहीं, क्योंकि मुझे पता नहीं था कि इस्का परिणाम क्या आने वाला है, मेरे मन में एक सवाल तब भी ये मैं था क्या और क्या करूंगा उसके सामने दोस्ती का हाथ बढ़ाया वो भी ये कहकर की तुमने माइक सही तारिक से नहीं लगाया है इशलिय तुम्हारी आवाज नहीं आ रही। (मतलब कुछ भी अगर दोस्ती का हाथ बढ़ाना ही था तो हैलो! ये हाय! बोलकर भी तो बढ़ा सकता था ना, मुझसे ये करने की क्या जरूरी थी)। जरॉरत तो थी अगर सीधे जकार उससे ये बोलता की तुम मुझसे दोस्तो करोगी? तो ये बातें सयाद उशे भी अंजनी लोगती और ऊपर से हम दोनो एक दसरे के लिए तो पहले से अंजान थे, तो क्या ही बोलता उसे उस वक्त, जो मन को ठीक लगा वो बोल दिया। उसके बाद क्या मुझे तो लगता है सयाद वो भी मेरा इंतजार कर रही थी मैं उससे कब बोलूं?

ज्यादा चीज ही ऐसी है वो एक तरफा हो ये दो तरफा अहसास तो दोनो को होता है की वो एक दसरे को कितना कहते हैं, मैं कहता था कि कुछ कुछ कहता है पर मैं काफी ज्यादा हूं था उन लम्हो के लिए जो मुझे आगा जकर उसके साथ काटने थे। क्योंकि अगर एक लम्हे की बात होती है तो सयाद उसे अपने मन की बात बोल देता है पर आयशा हमारे बीच कुछ था ही नहीं, और में किशी की जिंदगी क्यों बरबाद करू, और क्यों खेलूं में कुछ के भावनाएं भी ? एन सब के बाद हमारी दोस्ती की सुरूरत अखिर हो ही गई, और कहीं न कहीं हमारे प्यार की रेल भी सही पत्री पर आ ही छुकी थी, आब सयाद में खुश था उसके साथ होकर, क्योंकि वो खुशी महिहर उसके करीब रहता हर एक चीज भूल जटा, घर की परेशनिया, मेरे अतीत के वो लम्हे और पापा का वीसीओ दुर्घटना, में बश आप खुद एक बार में सोचना चाहता और अपने भविष्य के लिए मेरे पास हूं, हो रहा मेरे साथ, बश में इतना जनता की किशी भी हलत में हम कभी एक दसरे से डर ना हो बश। पर सब के बाद हम रोज एक साथ ऑफिस आते और धर सारी बातें करते हैं और हर रविवार को हम विक्टोरिया मेमोरियल जाते और एक साथ के वक्त गुजराते, एक दसरी की आंखें में देखते हैं। असली तो वो भी जनता थी की में उससे मोहब्बत

करता हूं, पर ना उसे उस वक्त मुझे कभी पुचे की कोषिश की और ना मैंने कभी बताने की सजीश, वैशे सयाद मैंने आप सब को सयाद उसका नाम नहीं बताया। आशे ही साथ रहते हैं लम्हे हमने कब साथ गुजरा दिया हम पता नहीं चला, फिर अखिर कर वो भी दिन हमारी जिंदगी में आ ही चूका जिस्का मुझे बसबरी से इंतजार में तब वहां की बात में तुम सबसे ज्यादा में हूं। भी विक्टोरिया मेमोरियल के सामने। इश्लिये मैंने उसे एक दिन ये बोला की हम अगले रविवार कहीं जाएंगे साथ में, तो कोई और काम तो कृपा कर के मत करना, उसे भी कुछ उस वक्त पुचा नहीं और सिरफ हा बोलकर अपने घर चले गए, उसके घर फिर चले गए के सामने सेह पिकअप किया और उसकेबाद हम दोनो मेरे बाइक प्रति वह से सीधे विक्टोरिया मेमोरियल आ गए, केई डेर वह प्रति एक दसरे से बात करते हैं फिर अखिर कर वक्त देखता मैंने उसे अपने मन की बात कहता ही दी की पूजा में तुमसे प्यार करता हूं। लगती है, ये तुम्हें लगता है की में तुम्हारे लायक नहीं हूं, तो तुम मुझे जरूर छोइ सकती हूं, प्रति में गलत नहीं हूं, मुझे नहीं पता पर हो गया है तुमसे, जब भी तब वो तुम्हारे साथ था नहीं कहता, अब यही कहता की पुराना दिन बश तुम्हारे साथ गुजुरू, तुम्हारी वो बातें सुनू, तुम्हारे वो गुसे वली नजरों का सामना करू, और जब तुम बुद्ध बोलकर मुझे हंसे तो मुझे आपसे करते हैं। पहली पर देखा था, मुझे नहीं पता वो क्या था पर वही दों सोच लिया था की जुइंदई भर तुम्हारे साथ रहना है, हर एक खुशी में और हर एक गम में भी, मुझे नहीं पता में जो भी सही कह रहा हूं भी रही होगी ये नहीं पर हे! अगर नहीं लग रही तो ठीक है में इसके बारे में कभी दुबारा जाहिर नहीं करुंगा, और ना ये बातें कर के तुम्हें कभी दुबारा परशान करुंगा, बश में किशी भी तारेक से तुम्हारे साथ साथ रहना! ये सब सुनने के बाद वो थोड़ी खुश भी थी और बहुत ज्यादा हेयरन, वह भी यही लग रहा मेरे ख्याल से की मतलब ये लड़का क्या कह रहा है, क्यों नहीं ये है तो गया तो? ये मेरी बातें सुन कर ना तो उसे जवाब दिया न ही कुछ बोला, बश इतना बोला की कहलो ये से मुझे अब नहीं रहना, ये सब सुनने के बाद मुझे लगा की मेरी बातो की वजाह सेह वह इतनी है बात कर रही हैं, और वो कफी गुसे में भी थी! प्रति जब मैंने उसे दुबारा ये बोला की मुझे माफ करना अगर तुम मेरी बातो का

बुरा लगा हो तो? तब उसे मुझसे ये कहकर वह समय चलने को कहा की कल उशी समय प्रति मुझे पिकअप करना आ जाना में लंबे समय तक चलेगा ? मैंने पुचा क्या? तो उसे बोला की तुमने तो इज़हार कर दिया अपनी मोहब्बत का अब मुझे भी ऐसा करने दो अपनी मोहब्बत का? मैं जब मैंने ये उससे सुनी, मैं उस वक्त पूरी तरह से खो गया था एक ऐसी दुनिया में जहां मुझे सिर्फ और सिर्फ मेरी खुशियां दिख रही थी राही थी, पर मुझे क्या पता था कि वहां पर बहुत कुछ है शमिल होती है |

इन सब के बाद में बश अगले दिन का इंतजार कर रहा था, मुझे याद है उस दिन हमारी बातें भी नहीं हुई थी सयाद और मुझे नींद भी नहीं आ रही थी, क्योंकि मैंने ये सोचा था की कल हम पूरी तरह से एक हो जाएंगे, ये सोचे पूरी रात कब गुजर गई इसका अहसास ही नहीं हुआ, फिर अगले दिन जब में उसके घर गया तो वह कोई नहीं था, मैं भी अंदर भी गया था उसके दरवाजे पर ताले लगे थे, मैंने आगल बगल पुचा भी फिर भी वह कोई नहीं था, मैंने के बार उसे कॉल करने की कोशिश की प्रति उसका फोन हर बार स्विचऑफ बता रहा था, में कफी घर चूका, मुझसे कुछ नहीं था, में बश ये जना चाहता था कि वो ठीक तो है ना, कहीं उसे कुछ हुआ तो नहीं! एन सब के बाद मैंने पूजा के केई दोस्तो का भी कॉल ट्राई किया पर सबने एक ही बात कही की हम उसे कुछ भी नहीं बताया, प्रति अखिल कर मुझे उसका पता चला, जब उसमें दोस्त ने ये बोला की वो अपने साथ है पर मुझे नहीं पता कहां गया है, प्रति हा उसके परिवार वाले भी उसके साथ गए हैं? शादी सुदा, पति और उसके घरवाले, मतलब चल क्या रहा मेरी जिंदगी, क्या ये सब सही है, अगर सही है तो इसे मेरा क्या हाल हुआ होगा ये तो आप मेरी पूरी कहानी पढ़ कर ही जान पाएंगे?

"अजीब

फ़िदरत

हे

तेरी

मोहब्बत की

भी

जो एक मुर्दें
इंसान
को भी आजकाल
जीने
का अहसास दिला
रही है।
"

"तुम्हारी
फ़ितरत पर तोह
हमे
पहले सेह
ही
ऐतबार
नहीं था
वो तोह
तुम्हारी
मुहब्बत में
हम
महरूम हो चुके थे इश्लीए
तुमसे
मिलने वाले हर
एक दर्द को
भी हमने
तुम्हारी
मुहब्बत
का पैगाम
समाज लिया
था।"

किशोर प्रेम और वयस्क प्रेम पर दर्शन

इश्क की कोई जाति नहीं होती, न ही किशी धर्म की ये एकलौती पहचान है और न ही इंसानियत कीअगर हम इसे कुछ कह सकते हैं तो सिर्फ एक जल है समर्थन की आश की क्योंकि जब हमारे रिश्ते साथ छोड़ देते हैं कुछ पल के लिए तब ये दिखावे सामने आते हैंऔर धीरे-धीरे हमारे लिए एक ख़वाब की ज़िंदगी बनाते हैं ,जो भले ही खूबसूरत तो होती है पर उसकी हकीकत उतनी ही दर्द भरी होती है|